森の家族II

栗野高原物語

園山国光
SONOYAMA Kunimitsu

文芸社

森の家族Ⅱ　栗野高原物語◇目次

森の家族Ⅱ　栗野高原物語

序　ムーちゃんは語る

お父さんは四十八歳になってから、美しい霧島屋久国立公園の栗野岳の中腹に畑を作った。数千本の若い杉の木を切って焼き払い、大きな機械を頼んで杉の根っこを掘り上げ、大きな穴に埋め込んだ。そしてやっと杉の林はデコボコの畑にまでなった。「有機農業……無農薬の野菜作り……の技術の完成を確かめるため」だったそうだ。おかげで、鹿児島市の第一農場で暮らしている僕たち六人の兄弟は、七十キロメートルも離れた高原の森の中の畑でいろんな楽しいことに出合えたし、怖い目にもあった。避暑地のような、すてきな夏を過ごせるし、風通しのよい青いビニールテントの中で眠って、冬にはカリンカリンの霜の中で起き出してくるのも平気になった。雪すべりをしたことだってある。

自然を研究するときの学者みたいなお父さんと、絵や歌を作って歌うお父さん、そして農協の帽子やトラクターの名前を書いた帽子をかぶった、人にも見せられない、

きりしまやくこくりつ
こうえん
栗野岳

いわば「サイテー」の農家のおじさんであるお父さんの顔がある。それに、お父さんは地球に来ているたくさんの異星人といつでも楽しく話し合えると言っている。

僕は長男で、上にコーネエがいる。弟は秀国、その下は作太郎と遙次郎の双子だ。秀国のすぐ下にリラがいる。北九州出身のやさしいお母さん、それからスーパーおばあちゃん。それにお父さんの兄貴、一則おじさんが共同経営者だ。

Ⅰ　第二農場……杉林を切り拓いた畑

杉の山を拓いて、畑になったばかりの第二農場は、土が黒く輝いていて、目に染《し》みるようだった。夜は耳がこわれるくらい、クツワムシやコオロギ、スズムシなどが騒いだ。きつねの遠鳴きがとても恐ろしいし、そばの高い杉の木からはフクロウがボボウー、ボボウーとおどしてきた。僕ら兄弟には恐ろしさの入り混じった一日一日だった。

鹿

青い草の色にとけた
ビーナスのように
牧草地で　鹿が
立ち止まって聞いていた
鹿の小学生だ

僕たちのトラックがストップすると
ツッと顔を上げ
鹿は秒針が止まったようになった

草の中の

かすかなかすかな草色の小学生
エンジンがずっと止まったままだったので
やがて
鹿は足を上げた
頭を下げて　草を食べ
露をはねた
それから
アッという間に
バンビになって飛び上がり
風に乗って駆けた
かすかな草色のアニメーションだ
そして　草の色にとけて

見えなくなった

しばらくして
また　鹿は
ゆっくりと前足を上げてみせ
バンビのまねをして
飛び上がり
風に乗った

お父さんと牧草地をトラックで通りかかるとふと動くものがある。トラックを止めて、じっと見つめてみると、それは鹿だった。人間でいえば小学校の五、六年生だろうか、草を食べたり、歩いたりしている。体の色は草の色なので、通りかかった人でも気付くのはむずかしいかもしれない。子鹿は、よく顔を上げてピンと耳を張っては地球の音を聞くように止まる。

初めて出合った草原の鹿を見つめていると、いきなり駆けだしてみせた。はねながら走る走る。アニメーションのようだ。

しばらくまた静かに草を食べ、また駆けてみせた。生まれてきて、とてもうれしそうだ。草ととけ合った体の色は、はねるたびに草色の光にまみれて、見えなくなってしまう。

その尻尾の部分は雪のように光って見える。日光に当たると白銀のようにピカッとなる。きっと夜でも昼でも、仲間との交流に役立つ白さなのだろう。

そのとき、運転席のお父さんの弁当箱が、コトリと落ちてしまった。子鹿はキッと顔を上げ、ピーンと耳を張った。「まさか、聞こえるはずはない」とお父さんはひそひそと言った。

それで鹿が警戒を解いてまた草を食べ始めたとき、お父さんはコンコンとハンドルをたたいてみた。鹿はキッとなってこっちを見た。僕の目にも、二百メートルも先の草色の鹿の様子がよく見える。鹿はトラックの室内の、この音が聞こえるのだ。

思えば、鹿の武器は、その美しい俊足と、闇夜でもすべてが見える目と、大地の風音に乗るものすべてを吸い込む耳なのだろう。これでは、ほかの獣たちは森の中で鹿たちに近づくことはできないに違いない。

鹿はふいと一メートルほどの土手の上に浮かび上がり、杉林に吸い込まれた。尻尾のところが銀色に光った。

岳の一番上の牧草地のあたりでは、数十頭の群れが光る目を集めて、夜ごと草を食べにくるという。

飛んでる！　ニジニジ！

「飛んでる！　ニジニジ」と作太郎が叫んでいる。皆が振り向いて集まってきた。作太郎は今、スコップで土を掘って、自分の「ウンコ」にかけるところだった。見ていると金色に光る虫がいくつも飛んできて、ウンコのところに飛び下りては、かけた土に頭から突っ込んでいく。モリモリ元気だ。一匹は丸いものを頭で押し上げながら、やわらかい土の中から這い出してきた。ウンコボールだった。そして、しばらくそのかたまりを頭でころが

し、土の山を下り、くぼ地になったところで、今度は穴を掘って、その中へウンコボールを押し込みながら、モリモリ入り込んでゆく。

ニジ色の光の虫は、作太郎のウンコにまみれていても、いっこうにかまわないようだ。そのニジ色のつやには何のよごれもついていない。皆が見つめる中で、次から次に同じようにほかの光の虫もボールを押し上げて、ウンコの山から這い出してくる。そしてまた、少し下がったところでボールといっしょにやわらかい土の中へモリモリ入ってゆくのだった。

「これは、フンコロガシじゃないのか」とお父さんが言った。「いつか本で読んだことがある。アフリカの象の糞を丸めて土中に運び込んで、一個ずつ卵を産みつけるコガネムシだ。あの仲間だね。こんなところにもいたとは驚いたもんだ」

その仕事場の光景は僕らにとって飽きない見ものだった。やがて十匹近くも集まってきた。忙しい、忙しい。

その後、気をつけていると、この光るコガネムシをしょっちゅう見るようになった。よっぽど遠くから糞の香ばしい風を感じて、急いで集まってくるようだ。猪やタヌキ、

ウサギなどの糞にも卵を産みつける
に違いない。
夏の終わりに、「最近は、ウンコ
しようかなと思うだけで、こいつら
やってくるんだ」と作太郎が言った。
一同はドッと笑った。しかし、それ
は実感だった。みんなが「読まれた
か」と思うことがあるようだ。
センチコガネというらしい。

ヘビ

夏休みになって、僕たちはみんなで栗野の農場へ上った。ここは涼しいので、夏休みでも楽しい遊び場。午前中は少しお父さんの手伝いをすることができた。

昼食にみんなが集まっていると、いきなり「やられたな」と言って、お父さんが山芋の植えてあるやぶに這い込んでいった。

「おーい、みんなこい」と言う。

僕たちもごそごそとやぶの中へ入っていった。山芋の茂みの中で、とぐろを巻いたようにして、大きなヘビが、白っぽいものに巻きついてしめ上げているところだった。

僕たちは訳もわからず、手当たり次第にものを投げつけ、長い棒を抜いてきて、ヘビに立ち向かった。子供の勢いでは、ヘビはなかなかほどこうとしなかったけど、僕たちはだんだん勇気が湧いてきて、ずっと近くまでいって、たたいた。うるさそうにしていたヘビは、やっと力を抜き、パッと消えてしまった。

残された白いものは、ふるえる子供のウサギだった。よろよろと、それでもウサギは逃げようとした。リラは勇敢に抱き上げた。

「やられたときは、ウサギも声を出すんだよ」とお父さんが言った。ぬいぐるみより、もっとすてきなぬいぐるみだった。僕たちは、交互に抱いて元気づけをした。そしてオレンジ色のコンテナに青草を敷き、そこに寝かせてゴザをかぶせ、昼ごはんに戻った。


午後は、岳の一番上にあるレクリエーション公園へ上って風の中を遊び回った。

その間、農場のお父さんはふと気になって、ゴザをずらしてコンテナの中をそっとのぞいて見た。そして、「ひやっとした」そうだ。さっきのヘビが、なんと白いウサギを半分のみ込んでいたんだって。お父さんはそのまま、ゴザを静かにかけておいた。

これには僕たちも目を丸くした。

「どうして助けなかったの」とリラがキラリと言った。

「ああなると、もうヘビの勝ちさ」とお父さんは言った。

「それに、このヘビはお父さんのテントの同居人だしね。腹もへるさ。こいつといっしょにいても何の問題もないよ。それどころか、ネズミが来ないので、糠《ぬか》を積んでいても大丈夫だ。もしあいつがいなかったら、この糠のにおいに杉山中のカヤネズミが集まってしまうだろうね、ただ、あいつが脱皮するときのにおいはひどいけどね。それにねえ……、ウサギはかわいいけど、とても困るんだ。キャベツの若苗や若い人参の葉っぱが大好きだ。真冬は大根の葉っぱが片っぱしからやられてしまうし、麦の新芽も好物だ。大めし食らいだから困る」

　コンテナにかけたゴザはそのままだった。青い草だけが残っていた。野ウサギは連れて帰っても草も食べないそうだ。どうせ逃がすほかなかったんだけどね。

草原……カラス

栗野岳の中腹に町営の大きな牧草地が広がっている。草原はとてもやさしいものだね。五月はまだ肌寒いくらいだけど、みんなでそこへ上った。

草原に出ると、上の方に青い雲のようなものがかかっていて、夢のように見える。僕たちはみんなでそっちの方へ駆け上っていった。そこには空色のかわいい花が、一面に続いているのだった。空色の雲、本当だね。

僕たち兄弟が駆け下り駆け上る笑い声が、花たちを喜ばせるようだった。ひばりたちも賑やかに歌ってくれている。

「大草原の家、しちゃおう」ということになった。

　みんなは
草原にこだますように

一列にならんだ
それからコーネエも秀国も
リラたちも
いっせいにステップしながら
駆け下りてきた
僕はプロのカメラマンのように
パッパッと構図を決めて
ころがりながらも撮った
『大草原の小さな家』のローラしちゃったわけなんだ
でも不思議なことに
そのまま、そのお母さんのカメラは
みんなの記憶の底から
抜け落ちてしまっているんだ

黒いケースだったから
あのカラスたちが
自分の子供と間違えて
肩にかけていったのかな

おかげで
高原の青いかすみ草の一日は
僕らの青春の甘ずっぱい
悲しみのフィルムの中だけに残された

一月の冬休みに来たときは、寒風が枯れ草を洗う氷のような草原だった。それでも草原の斜面の隅っこに、荒々しいルビー色に熟れた米グミが冷たい光の中で輝いていた。

死んだ光景の中のきらびやかな命の色だね。

五月はすっかり春。青に染《そ》まったまま見えないひばりの鳴いているところを見上げたり、よしきりを追いかけたりしているうちに昼になった。

みんなお昼ごはんを入れたバスケットの方へ帰っていった。するとお父さんが「やられているかな」とつぶやいた。黒い影が木の上に見えたからだ。

みんなはいっせいに駆けだした。もうカラスがバスケットを開け、ビスケットやチョコレートやお母さんのパンなどを遠慮なく荒らし回っているところだった。

「うちの農場に住みついている夫婦だろうね。車の後ろからついてきたのかな」とお父さんは言った。とても被害は大きかった。皆で残りものをすぐ食べ終わった。

ダリヤ

お父さんはイエローオレンジの
このダリヤが大好きだ
名前はアルハンブラ
黒いドレスにぴったり合いそうな
透明なイエローオレンジ
スペインから来た
あでやかなこの少女たちは
高原の透明な風と仲がいい

この少女たちの大きな花束は
農場に二ケ所ある

一方は朝の水色の光にぬれるところ
片方は夕焼けの赤い光にまみれるところ
お父さんはいつも遠まわりして
少女たちに声をかけている
こんな花の茂みには、だいたい
妖精が住みついているという
不思議な話だね

Ⅱ　第一農場……有機農業冒険の始まり

鹿児島市の第一農場からは桜島が見える。大きな青い入江に浮かぶ桜島……東洋のナポリと呼ばれている。いつか……世界の人々に「鹿児島を見て死ね」と伝えたいものだとお父さんは言っている。

お父さんはここで有機農業をスタートした。収入もままならない冒険の始まりだった。革命家であるお父さんにふさわしい、メッチャ高い壁だったようだ。お父さんは「敗北のない人」なので、まっすぐ進んだ。長い長い時間の間に土は不思議な成長をしていくのだそうだ。土には完成というのがあるんだね。

「この星では土に種をまけば芽が出て伸びて花が咲いて稔ってしまう。月には種はまけないよね。その理由を知る人はまだいない」とお父さん。だけどお父さんはどうやら答えを知っているらしい。

地中海トマトといちご

お父さんの大好きな画家ルノアールの「いちご」という絵は、お父さんの作っているいちごにそっくりだ。

この絵はお父さんの描いたもの……。

有機栽培だから四月の末から六月の中旬まで、わずか二カ月足らずしか食べられないけどね。苗作りは前年の九月から始まる。

もともと、いちごは「初夏の女王」と呼ばれてきた。甘い甘い光の味だね。光の美しい酸味があって、これがすてきなのだ。食べ始めるとなかなかやめられないね。うちの六人の兄弟は、みんなこのいちごで失敗したらしい。というのも、よちよち歩きの頃、お父さんとお母さんが目を離したすきに、いつの間にか、いちご畑にまよい込んで、食べすぎてしまうん

だ。地球に生まれてきたばかりのこの頃はこの「初夏の光」の甘さは途方もない体験と実感だったんだね。

弟の秀国の時も、お母さんが気がついたときにはいちご畑を歩きながら、たっぷり食べてしまったあとだったらしい。ひっくり返って目を白黒させていた。びっくりして救急車を呼んだそうだ。

そして救急車が到着する頃、お父さんが帰ってきて、「これくらいのことで救急車を呼んでは申し訳ない」とお帰り願ったそうだ。二歳の子供では、自分で食べるのをやめるのはなかなかむずかしいに違いないね。

そういえば、千葉のいとこの雄也さんが春休みに来て、雨よけハウスのいちご畑で、熟れ始めたばかりのいちごを探し出してはパクパクやっていたとき、「ヤア……ここは天国だあ」と叫んで皆を大笑いさせたこともあった。自然の恵みのいちごの味がよっぽどうれしかったんだろうね。

お父さんは、四十年も有機無農薬トマト作りの失敗を続けてきた風変わりなトマト

郵便はがき

料金受取人払郵便

新宿局承認

3971

差出有効期間
2022年7月
31日まで
(切手不要)

160-8791

141

東京都新宿区新宿1－10－1

(株)文芸社

愛読者カード係 行

ふりがな お名前		明治 大正 昭和 平成	年生 歳
ふりがな ご住所	□□□-□□□□		性別 男・女
お電話 番 号	(書籍ご注文の際に必要です)	ご職業	
E-mail			
ご購読雑誌(複数可)		ご購読新聞	新聞

最近読んでおもしろかった本や今後、とりあげてほしいテーマをお教えください。

ご自分の研究成果や経験、お考え等を出版してみたいというお気持ちはありますか。

ある　　ない　　内容・テーマ(　　　　　　　　)

現在完成した作品をお持ちですか。

ある　　ない　　ジャンル・原稿量(　　　　　　　　)

書　名			
お買上 書　店	都道 府県　　　市区 郡	書店名	書店
		ご購入日	年　月　日

本書をどこでお知りになりましたか?
1.書店店頭　2.知人にすすめられて　3.インターネット(サイト名　　　)
4.DMハガキ　5.広告、記事を見て(新聞、雑誌名　　　)

上の質問に関連して、ご購入の決め手となったのは?
1.タイトル　2.著者　3.内容　4.カバーデザイン　5.帯
その他ご自由にお書きください。
(　　　)

本書についてのご意見、ご感想をお聞かせください。
①内容について

②カバー、タイトル、帯について

弊社Webサイトからもご意見、ご感想をお寄せいただけます。

ご協力ありがとうございました。
※お寄せいただいたご意見、ご感想は新聞広告等で匿名にて使わせていただくことがあります。
※お客様の個人情報は、小社からの連絡のみに使用します。社外に提供することは一切ありません。

作りだ。でも成功した年もあったらしい。一度、梅雨期に雨のない年があって、できすぎて収穫しきれず、ついに真っ赤なトマトが畑中に散らばってしまったそうだ。ピューレやケチャップに加工して、それが軽トラック一台分できたそうだ。

トマトは、南アメリカのアンデス高地の乾燥地の原産なので、普通の年は梅雨の長雨にはまだ負けてしまうし、三十度の高温にも弱く、七月に入ると実がつかなくなってしまう。

さすがのお父さんも、二十年失敗を続けたおかげで、ようやく有機無農薬トマトが作れるようになった。梅雨時だけは、ビニールシートをかけて雨よけをしてやるほかないそうだ。

苗を植えてから収穫が終わるまで、水をあまりかけないので、畑は砂漠にも近い状態になる。昼間の高温時には、トマトは葉っぱをダラリとさせているほどだ。けれどもこれが、トマトの得意のスタイルだから心配はいらないという。

今は、誰の庭でも有機でトマトを作れるようにしてあげられるそうだ。お父さんの工夫した草と落ち葉だけの堆肥と発酵土そして高い畝、さらに小さな雨よけのビニールトンネルが必要だけどね。

　お父さんのトマトの味ときたら、またやめられないね。夏休みの初め、仕事を手伝いながら食べたりする。そのときの強い甘ずっぱさの魅力は、口ではちょっと言えないね。お父さんはきどって「地中海トマト」と呼んでいるけど、それは本当のことなんだ。地中海沿岸の乾燥地のトマトは、こんなふうにおいしいらしい。

双子の入学の日

お父さんの第一農場は、鹿児島市の西の郊外、西郷団地を通りすぎたところにある。湧水（栗野）の第二農場は遠いので、僕らはなかなか行けない。

ここ第一農場は僕ら兄弟のいつもの遊び場だ。堆肥の山からカブトムシの幼虫もいっぱい出るし、栗の木の森もいくつもある。僕と秀国とリラの三人は五十分ほど歩いて、団地の向こうはずれの小学校に通っている。一番上のコーネエは、今度中学校に入った。

一番下の双子もいよいよ今日、入学の日になった。山桜の花びらも笑いかけてくる。おばあちゃんからのプレゼント、黒いランドセルの作太郎は、とても格好いい。けれども、一つだけ皆に重い雲がかかっていた。

僕ら四人は、露をはねながら農場の中の森の道を抜け、上の本通りへ駆け上った。四つのランドセルが桜島からの朝の光に次々に光った。

そびえている大きな青い水タンクのところで、遙次郎を乗せた車が追いついてきた。僕らは駆け寄った。

「よう君、ガンバレ！」

「遙次郎、ガンバレ！」

うつむいたままの遙次郎は振り向こうともしなかった。

「うつむいたままの遙次郎なんて悲しすぎる」と僕は思った。遠く離れた田上小学校の仲良し学級に通うことになったのだった。いつもいつもとなりにいた作太郎が、そして皆が、今、いなくなってしまうのだ。

「よう君、ガンバレ」

と、僕も心の中でそう言った。お母さんは、車を動かし始めた。僕らも駆けだした。大きな四つのランドセルが激しく鳴り続けた。

「ようくん……」

「遙次郎……」

下り坂に入っても、僕らは走って追いかけた。長い坂の中ほどまでいっしょに駆け下りたとき、お母さんは激しくアクセルを踏み込んだ。車は、まっすぐ走って突き当たりで右にハンドルを切った。僕らはバラバラに道を渡り、そこを右に折れ、原酒店の前の長い長い通学路に入った。作太郎を中にはさんで、歩いた。まっすぐな通学路を僕らは軍隊のように歩いた。

この時間には、仲間はもう誰もいない。やがて、タイヨーストアの角で本通りに出て、郵便局前の下りに入った。遅れ組がどんどん連なってきた。そして次々に新学期のおしゃべり行列になっていった。作太郎もだんだんおしゃべりに加わって、ランドセルは、もう楽しさに高鳴り始めていた。

「お母さんの車で行ったんだから、大丈夫さ」と誰もが思いついていた。

遙君が来た日

いじわるな神様は、遙君を兄弟から引き離して、たった一人にしてしまった。それでも遙君は耐えて耐えて、四年間も町の方の学校の仲良し学級に通った。お母さんの送り迎えの車だけが頼りだった。

それでも遙次郎が五年生に上がるとき、神様は驚くようなプレゼントをくださった。作太郎の学校に仲良し学級ができて、双子はいっしょに勉強できるようになったのだ。

作太郎は遊び友だちが山ほどいて、人気があった。うりふたつの、もう一人の作太郎が転校してきたのは、学校中にとって、大きな驚きだった。

遙次郎の喜びようといったらなかったね。休み時間には、五年生みんなが遙次郎をのぞきにやってきた。

「やあ」と言って笑顔のあいさつをするのに忙しくて、くたびれるほどだった。学校中が笑顔になった。

Ⅲ　栗野岳の高原で

リンドウ……力持ち秀国

僕たちは、ススキの穂が白くゆれる九月の末の連休に、栗野岳の農場に上った。畑の手伝いがすむと、お父さんは白いススキに誘われるように、僕らと山に上っていった。

「そこの町営の牧草地から、もっと上の牧草地まで、サファリロードがあるよ」とお父さんが言った。

「四輪駆動車でないと、とても登れない。運が悪ければ四駆でも……うまく帰りつけるかな……」とお父さん。

「今日はスコップ一本ものっているし、お前たちもいる。なんとかなるか」

僕ら五人はいっせいにトラックに飛び乗った。そのサファリロードは牧場の南側の急な坂道から始まった。ススキの白い穂がゆれ広がって通せんぼしているあたりに車は突っ込んでいった。

雨のたびに流されて、坂は火山灰が掘り返され、白く荒れている。車の通った跡などなく、歩いて上るのも苦しい坂になっている。

僕らは、面白いくらいゆれた。何度も降ろされて、車押しをした。右のタイヤと左のタイヤをガガッと交互に空回りさせながら車は進む。そしてやっと最初の坂を越えることができた。平らになったやさしい小道を、トラックは走りだした。

ススキの穂の影が僕たちの笑顔をピカッピカッと駆けぬけてゆく。山の頂は、くずの葉がもう金色に染まり始めていて、夕焼けに光っている。

「皆さま、

右手上空をごらんください。

私たちの町では、この山を

こがねの山、こがねの山と
呼んでいるのでございます」

とコーネエが案内した。みんなは山を見上げてまぶしく笑い合った。

遠い頂へ風が走って、駆け上がってゆく。そして次から次に、黄色い葉を裏返しては白い波になって、山の向こうへ消えていってしまう。

やさしい小道は、山を回ってやがて暗い林道になった。そして、小さな流れが横切っているところに出た。

左手の山からの水だった。みんなは飛び降りて、水を飲んだ。

「このあたりの草や笹は鹿に食われているね。彼らの水場なんだろう」とお父さんが言った。

左側の上流の茂みに入り込んだ作太郎は、流れにいろんな生きものがいるのを見つけた。小さなカエルやヤゴのようなものがいる。

「この川は、うちの農場の下に流れていっている。あそこは一年に数回しか水は流れないのに、ここでは、水は一年中流れていて、生きものを養っているっていうことだ。

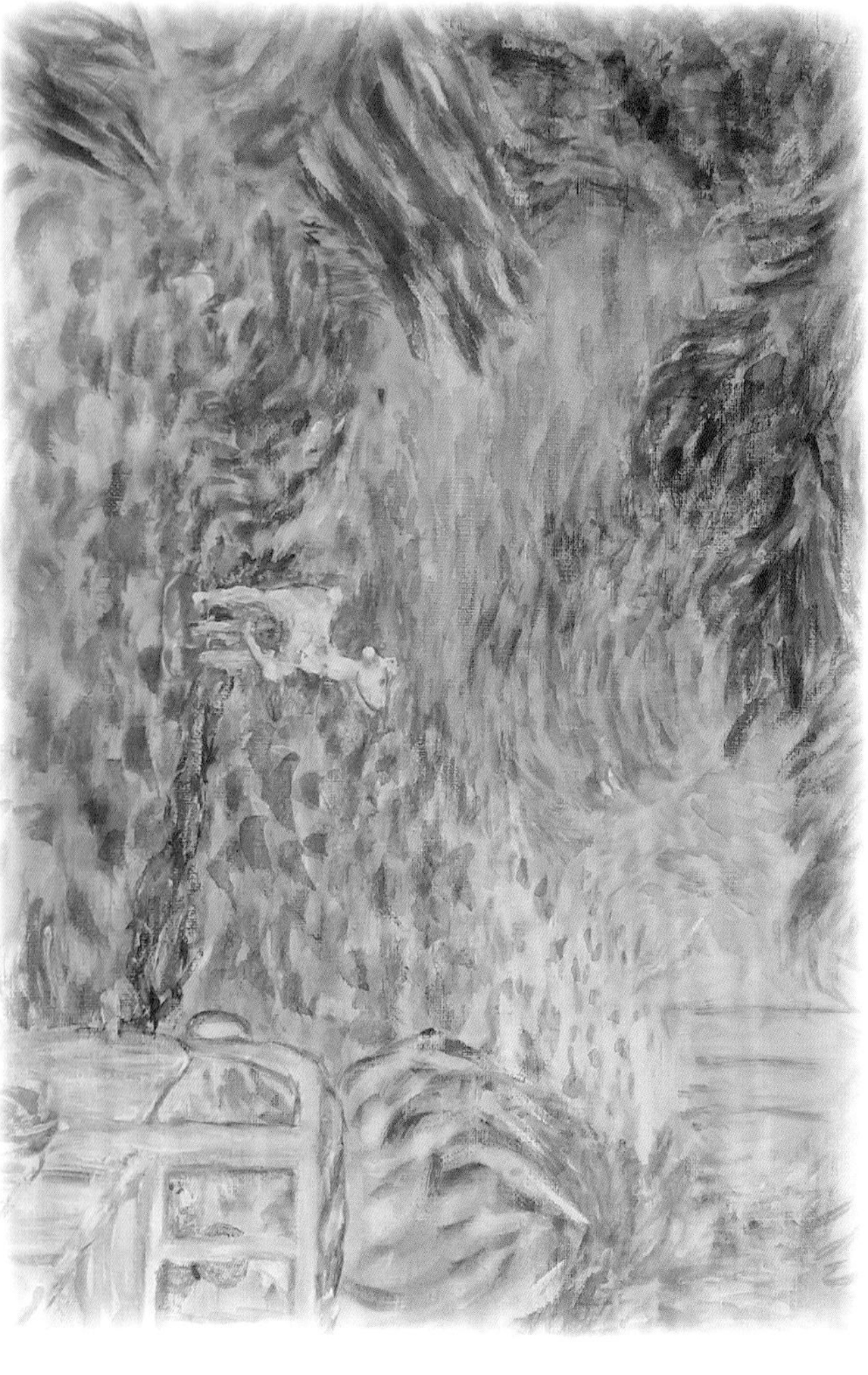

ということは、この川の水は、途中で山に吸い込まれているんだろうか」とお父さん。

川は本当にこの下流で乾いてしまっているのだろうか。僕たちはコケだらけの岩の沢をずっと下りていった。水の流れはどんどん小さくなってゆく。落ち葉が厚くかぶっていて、ここではもう水がチョロチョロになった。そこから先は、大きな岩が続いていて、ついに水のなくなるところまでは下りられなかった。


すてきな水場を突っ切って、トラックは小さい岩の続く坂をゴトゴト上った。そこには、進入禁止があった。杉の丸太が山盛りにされていて、道がなくなっている。丸太はもう青いコケでおおわれている。

「引き返すか」とお父さん。

秀国が飛び降りて、丸太を引っぱった。

「いけそうだぜ」と言う。

僕たちも降りた。大きな丸太は秀国が引き出して、土手下に投げたので、僕らも手伝った。三十分もすると、トラックの通れるすきまができた。車押しをして、僕らはそこを通り抜けた。

ゴッツン、ゴッツンとススキの中の岩が、車の腹を打つ。やっと、両側の深い森が切れるところに来て、広場のようなものが見えだした。

そこが、第二牧草地だった。背の低い笹の原っぱになっていて、それが夕焼けに向かって広がっている。トラックは、笹をザザッ、ザザッと鳴らして突っ込んで上った。夕焼けの方から、大きな冷たい風が吹き下りてくる。

ふと、お父さんは、車を停めて歩きだした。先の方に小さく色のついたものが見える。飛び降りて、僕たちもかき分けかき分けどんどん追いかけた。

それは青白いものだった。僕らは笹をざわざわ踏み乱して、取り囲んだ。ただ一人で、その花は青白い紫色だった。

「まあ……なぁんて……」とリラが言った
「まあ……なぁんて……」とコーネエが言った
二人は顔を見合わせて

「まあ……なぁんて……」
と言って笑った
本当にきれいな
勇気だ
びっくりするくらい
かわいい
勇気だ
みんなの背中に
しのび寄っているのは
もう夜の風に近い
染み込んで来て
足に冷たいのは
九月の高原の
もう、冬の風だ

その風はリンドウにも吹きつけた
花は小さくゆれて
こみ上げるように笑った

僕らは笹を踏み鳴らして駆け、トラックに飛び乗った。花を大回りして、笹原をもっと上り、もう暮れてしまいそうな牧草地に入っていった。草地を大きく外回りして、グミの木の並びを過ぎ、やっと林の中のゆれない道に入った。そこを抜けると、安らかなアスファルト道路だった。今夜は農場泊まりだ。

ロウソクの灯《ひ》で夕食がすむと、僕らは青テントの中にふとんを敷いてゴロ寝をする。鉄

パイプのアーチの中は風がよく通るので涼しい。遙君はお母さんと別に泊まっている。山の中の大忙しの一日で、興奮してなかなか眠れない。

そんなときは皆で配役を決めて、『ドラえもんのび太のドラビアンナイト』を皆で復習することが多い。百五分の長いドラマが次々に自動的に湧いてくる。

お母さんが皆をすこやかに育てたので仲良くできているから、ドラマはどんどん終わりまで進んでしまう。終わりに近づくと、僕らは眠くて、だんだん気を失ったようになってくる。気味の悪いフクロウの鳴き声も、今は子守歌のように聞こえてくる。

僕らのお母さんは北九州の戸畑から来た。『土と健康』という雑誌でお父さんと知り合ったそうだ。

僕らが元気に育ったのは、どうやらお母さんが「玄米菜食」の有機農家に飛び込んで、スムーズに溶け込んだかららしい。そのような農場生活の中で一年後にコーネエが生まれた。コーネエがもらった、栄養にあふれたオッパイは、とても甘いものだったそうだ。

六人の兄弟はこうして生まれ育った。お母さんが作る食事は、マクロビオティックというらしい。おばあちゃんと二人で、たまたま近くの町に静かに暮らしておられた、マクロビオティック創設者の直弟子のS先生を迎えて料理教室を始め、二十年以上続けることができた。

お母さんは寝る間もない毎日でも、やさしく元気だった。お父さんはお母さんのことを「無欲の献身」と呼んだことがある。僕たちにもこれが移ったようだ。それで僕たちも、いろいろなことがスムーズにいっちゃうんだろうね。

お父さんはこれと違って、自律神経失調症というもので悩んで、なかなか克服できず、気分屋だった。

この両親コンビは普通ならなかなかうまくいかないはずなのに、なんとかやっている。お母さんの忍耐があってのことだと思う。また二人は相当のツキにも恵まれたようだ。

僕らは給食ではなく、ずっと玄米の弁当だった。おばあちゃんの手伝いもあったからできたのだろうと思うよ。

皆はうらやましがってくれたけど、僕もたまにはみんなといっしょに給食を食べてみたかったなあ。僕らは不思議なほど元気だ。

大きくなったら何かお母さんにお返しをしなくちゃと六人は思っていると思うよ。

冬の雲

栗野岳のいただきを
北から越えてくる真冬の白い風は
飛び散って　はじけながら
いっせいに農場へ駆け下りてくる
白くなった岳のいただきの
さらに上の
キラキラに凍った雲は
さすように光っては
右に走る　左に走る
割れては上に　割れては下に
追いこし合っては

青い空に吸い込まれてしまう
まるで
北極点に立ったとき
青年が見上げた光景のような
青い青い
白い白い
冬のドラマだ

高原のグミ

死んで、凍てついた
夜明け前の
まるで氷のように冷えた
黒い風が
しのび降りてくるときも
グミよ、小さなグミよ
お前たちのおびただしい
ルビー色の瞳は
輝いているのか

ロシアの凍った河の

白い岸辺でも
その赤いほほえみは
変わらないのか

やがて
朝が明るみに目覚め
金色の光がはじけ散ってくるときの
お前たちのホッペタの
おびただしい数のルビー色ほど
なつかしい命の色を
見たことはない

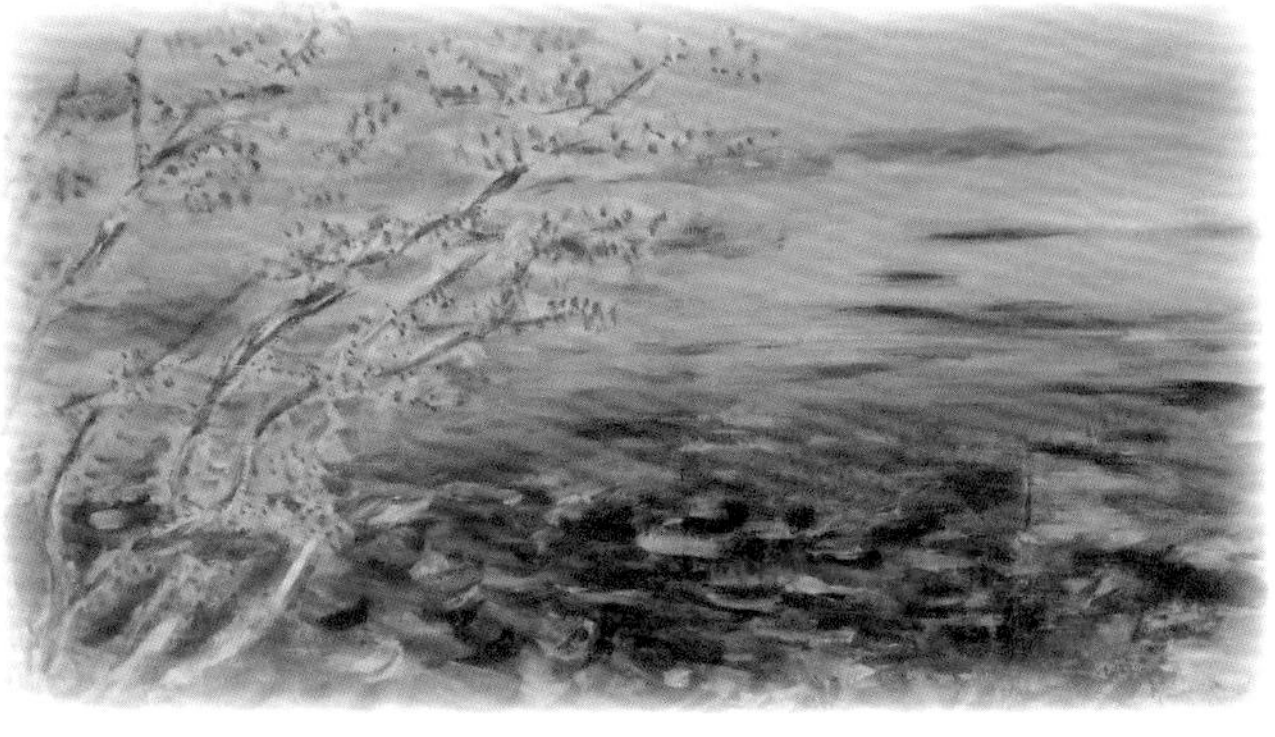

Ⅳ　栗野岳の秘密

町長さんが「丸池のほかにも泉はごあんど（ありますよ）」と言われたそうだ。長い間町長をつとめられて、湧水町のことや栗野岳のことは全部知っておられるそうだ。岳の林や畑は、すごく水を吸い込むので乾燥が早い。谷や川があっても少々の雨では水が流れない。一年に数回、本当の川になって、美しい水が流れる。

梅雨のとき、強い雨が続くと水がどんどん流れて気持ちがいい。森の中の涼しい最高の遊び場だ。

この山に降った雨は土に吸い込まれて、地下水となってずっと山を下り、湧水（栗野）駅の裏の丸池にあふれ出している。毎日、二万トンもの水が青い泉となって湧き上がっている姿は、とても豊かだ。この大きな泉は町のシンボルでもあり、あり余る水は町の水道源ともなっている。この水の豊かさを考えると、ほかに一つや二つ湧き出しているところがあってもいいはずだ。

泉を訪ねて

ある日、僕らはお父さんのトラックの後を追って、冬の田んぼの道をゆっくり走っていった。お父さんも特別目当てがあるわけではなかった。ただ、うねっている田んぼの中の道を上流へと上っていった。冬の小川の透明な水は、細く、冷えて流れている。家がポツンポツンと建っているところを過ぎ、森を抜けるような道も通った。そしてまた、水田が広がり、遠くまで明るく光って見えるところへ来た。山のかげの霜は、まだギシギシと突っ立ったままだ。

やがて右側が切り立った白砂《シラス》がけになっているところへ来た。がけの根本に細い水路が通っている。水路は乾いて、どうやらがけの割れ目の奥から続いてきているようだった。

「このあたりは、大きな水のにおいがする」とお父さんが言った。僕たちは、高いそのがけの向こう側へ回ってみることになった。日の当たっているところまで細い道を前進していき、そこでターンすることができた。引き返して裏側へと回っていった。その奥は背の高いシイノキやクスノキが森になっている。そこには明るく暖かい日だまりがあって、車も停められる広場になっている。

「水の音がする」とリラが言った。みんなは森の方へ近づいていった。森の入り口にくずれた屋根のようなものが見えてきた。古い家が、やっと立ち続けているようだった。竹やぶを抜けて進むと水の音が確かになってきた。そのあばらやの奥に光るものがある。僕たちは驚いて歩きだした。

そこに静かな青い水があふれているのだった。古い家の床をギシギシ鳴らして、窓の方へ行くと、もう水の上である。

ゆっくり湧き上がる泉にまばゆい光が群れていて、泉の底には一面、光が溜まって見えている。

「神秘の泉よ……」

栗色の瞳をぱっちり開いてコーネエが言った。

泉は古くて、真珠のような水は若々しい音を立てて、田んぼの方へ向けて、あふれ

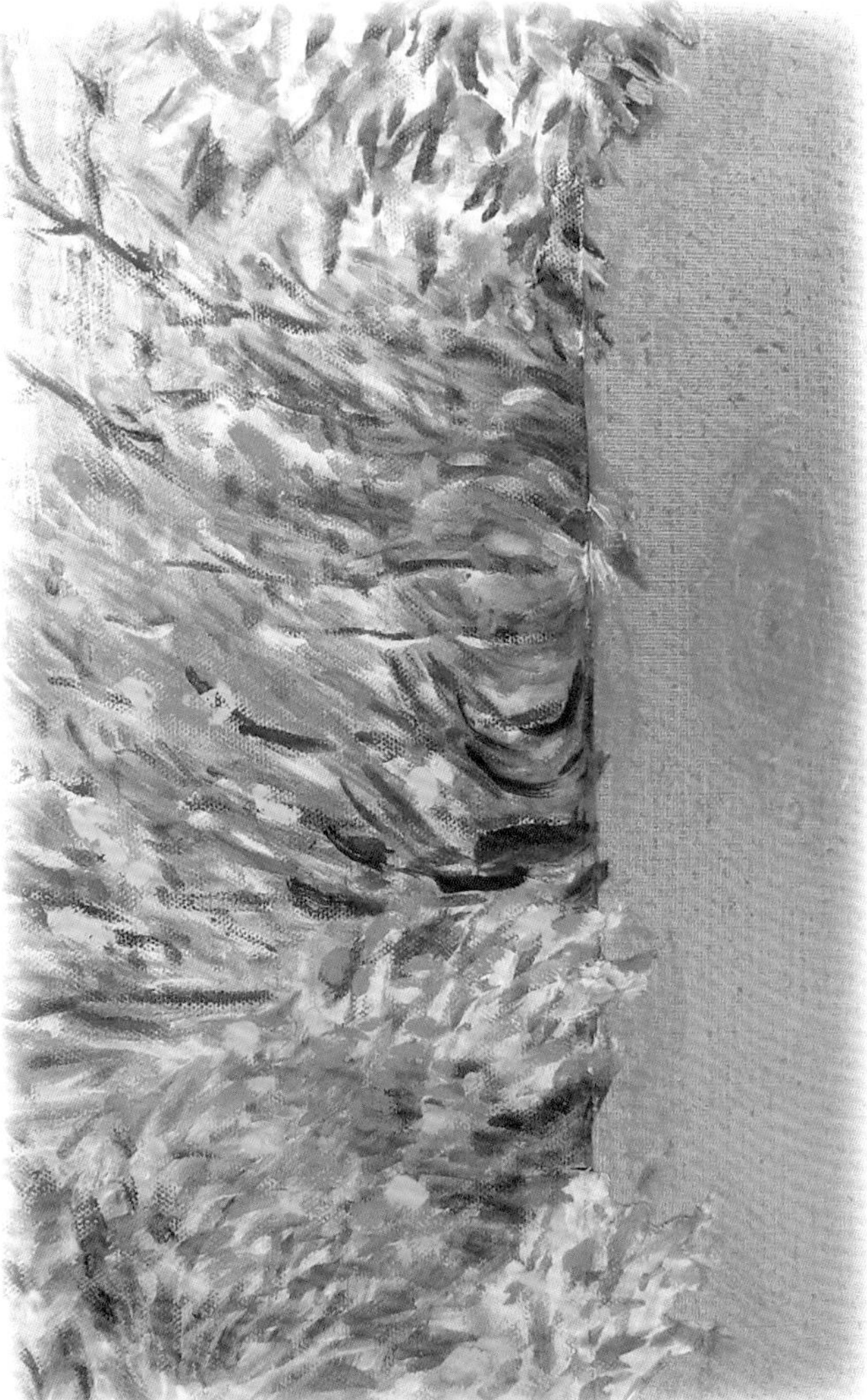

出ているのだった。その家の床は抜けそうだった。泉の上に張り出して作ってあった。

「誰が住んでいたのか、町長さんに聞いてみようかな」とお父さん。

それから皆は泉の向こうの上の段の田んぼに回り込んで、また泉をながめた。田んぼの水はまだ凍っていて、バリバリ音を立てた。

日光を背に受けて泉を見ると、底の色がよく見え、湧き出しているところがくり返しくり返し湧き上がって、飽きないほどだった。

（注）白砂《シラス》……鹿児島湾周辺に分布する白色の火山灰や軽石の地層。

夜明け

きりしまの山々の
北のはしに
栗野岳はそびえている
農場から見ると
朝日が岳の向こうから
昇ってくる

南の国といっても
冬のきりしまの峰を走るものは
真っ青に透き通っていて
きっと

この南の国のものたちではないに違いない

その心を凍らせる青白い風は
二つの白い峰の間の
黒いすきまへなだれ込んでは遊んでいる
手当たり次第
木という木にほおずりしては
白い粉雪という粉雪を
谷の底へ吸い込ませ
笑って遊ぶ
あんな遊びかたをするなんて
きっと子供の風だよネ

もう　紫色の七時をすぎて

ずっとたった
木という木の
枝という枝に
しがみついているものたちが
いきなり黄金色に光り始めた
ツッ　ツッ　ツッ　ツッと
枝を手ばなし
真っ黒な谷底へ飛び下りてゆく
アッという間に
雪女たちの時間が切れて
菜の花のような昼の光があふれてしまう
信じられない
栗野岳の
朝の夢

ここから二時間も走れば
もう　菜の花が咲き乱れて
一日中ひばりの歌が止まない
二月の指宿なのだ

森の美術館ができた

霧島屋久国立公園の北端の湧水（栗野）は山の中の町で、春と秋が涼しいので、おいしいお茶とお米に恵まれている。岳のすそに広がる牧草地の青草から、甘いミルクがたくさん生まれている。心のきれいな人たちの静かな町だ。

けれど、どういうわけか、このところ少し賑やかになってくる気配がある。えびの高原へ抜ける自動車道ができるらしい。下の県道ぞいには、大きな町営温泉と図書館ができた。それに、この秋には、十月に県立『アートの森美術館』が、七百メートルの高原の牧草地と天然かしわ林のど真ん中にできることになった。お父さんは、あまり賑やかになることが好きではないけれど、これには内心とても喜んでいるに違いない。

町長さんはこの山の主のような人なので、天然かしわ林を切り拓くことに、本当は賛成ではなかったらしい。木をそのまま切り倒すのを許さず、県にやかましく注文をつけた。そして、なんと、一本一本、土をつけたままこもで巻いて掘り取り、となりの牧草地へ移し植えるように主張した。おかげでかしわの木は途方もない時間と経費をかけて、ゆっくりと移されていった。その方法は成功だったらしく、木は元気に生きている。ひょっとしたら、こんな町長の踏ん張っている高原が、森の美術館に似合っているのかもしれない。お父さんが、ここの山に有機農場を拓いたのは、これを計算ずみだったのだろうか。

その年の初夏、僕らはまだ工事中の美術館を見に上っていった。このあたりは標高七百メートルで、町営のレクリエーション公園にもなっていて、真夏の涼しい遊び場だ。

美術館の建物は出来上がっていて、だだっ広い広場と森のまわりには、黒い格好いいアルミ製の柵がもう完成していた。工事は急ピッチで仕上げにかかっているようだ。「今なら、ただだから入ってみよう」と言って、お父さんと秀国は柵を乗り越えて、飛び込んでいった。

中は工事のおじさんたちばかりで、お父さんたちも工事人らしく見られたらしい。広場には訳のわからないものがいっぱい建っていて、もう出来上がっていたそうだ。何か、こわれた太陽が落ちてきて、地球にぶつかったようなものがあったそうだ。

建物の中にはまだ入れなかった。

その秋、十月には、県知事や町長さんのテープカットでいよいよオープンになった。お父さんは仕事の合間をぬって、ときどき行っているようだ。農場が薄雪で仕事ができなかった日に上ってみたらしい。上はすごい吹雪で、人影はなく、館内をひと回りしてから、野外の作品を見ようと、階段を下りていったら、かさが吹き飛んでしまい引き返したらしい。

まだよく乾燥していなかった水道やトイレの中などが凍って、はがれ、故障が続出していたそうだ。

次の年の初夏の連休に、いよいよ僕たちも入場することができた。お花見のように明るい芝生にたくさんの人が集まっていて、そこに、作品も散りばめられていた。僕ら家族八人は、ゆっくり遊びながら、建物の中の作品を見て回った。そして、屋外に出ると、いきなり七〜八メートルもありそうな、黒い人間の像がそびえていた。とても力強い。けれども、これが芸術だとはとても思えない。男性の黒いシルエットをかたどったぶ厚い板と、女性の黒いシルエットをかたどった板を、二人の背骨をぴったり合わせて直角に組み合わせ、直立させてある。「みんなこっちに来てごらん」とお父さんは、像を東側から見上げた。

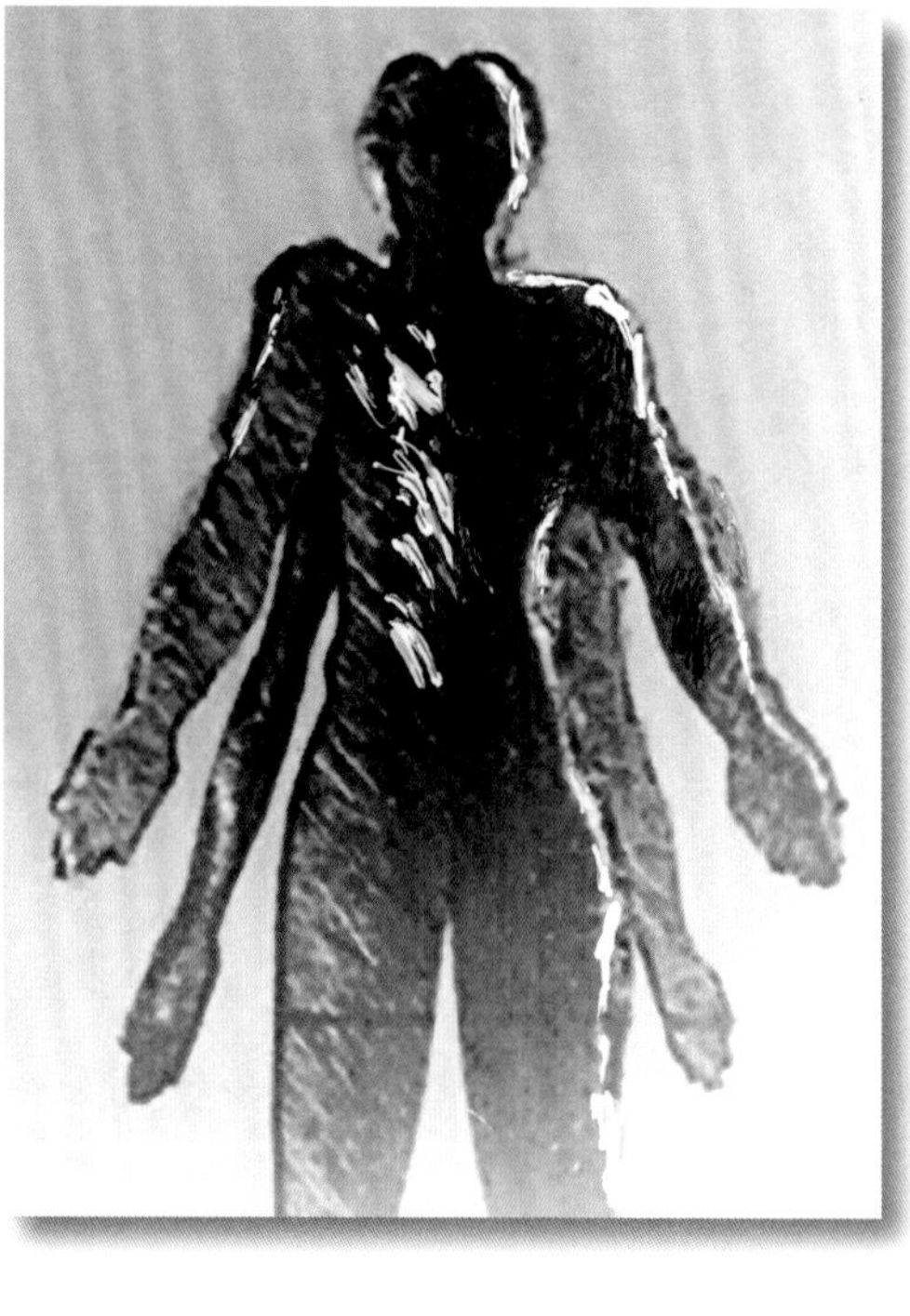

「太陽の光が像に当たって、黒く光って見える。そして、その後ろには、たくさんの影ができているよ。その影は地面にもできているし、像のほかの部分にも映っていて、とても複雑になっている。全体像を見ると、真っ黒に見えるところ、明るく光っているところ、美しい中間色や灰色に見えるところなどができている。そのコントラストが、美しい黒の変化としてこの上なくデリケートなものになっている。今日のこのようなカンカン照りの日もすばらしいけど、雨にぬれた表情も、朝の光のときも、夕焼けの照りのときも、まったく別々のみずみずしい美しさが現れるんだ。一日のお日様の様子に合わせて、夏や冬の気候の変化にも感じながら、美しさを変えてしまう。ただの黒と灰色がこんなにも美しいなんて、すごいじゃないか。ロダンやマイヨールだって、真っ青だよ」とお父さん。

夏には開館時間を延ばして、月の光の中でも見られるそうだ。僕らもお父さんの話に引きずり込まれて、まじまじとこの大きな作品を見上げた。

その次に、右側に見えていた飛んでいる鳥のところへ行って、みんなで芝生に横になって、見上げた。お父さんは作品のことは言わず、弟の秀国とこれが電気仕掛けかどうかについて話した。お父さんは、「電線は見えないが、羽根の付け根のところの重りの中に、バッテリーが入っている」と主張した。地上から八メートルはありそうな位置に、針金で作った大きなトンビのような姿があって、ゆったりと飛んでいる。秀国は、

「さっき、風が止まって、羽根が死んだようになっていたよ。風だけで動いているね」と言った。

「羽根は、ずっと一定のリズムで動かされているように見えるけどね」とお父さん。

「ホラッ、今、風が強く吹くから、激しく羽ばたいているじゃないか」と秀国が言った。

このチタニウムと鉄の強力合金の針金でできたトンビ（？）は、確かにトンビ自身の気ままさと、山々の風のそよぎに乗って動いているように見えた。お父さんの負けのようだった。

「それにしても、少ない風で動きすぎるくらい動くトンビだね」

と、お父さんは負けを認めるように言った。

八人は、森の中をずっとひと回りして、館内に戻った。お父さんは、レストランへ入っていった。そして皆をテラスへ案内し、アイスクリームをご馳走してくれた。それはここの美術館特製のとても上品なものだった。そこからは、さっきの「トンビ」を見下ろせた。

「このトンビを見つめていると、幸せな気分になれるんだ

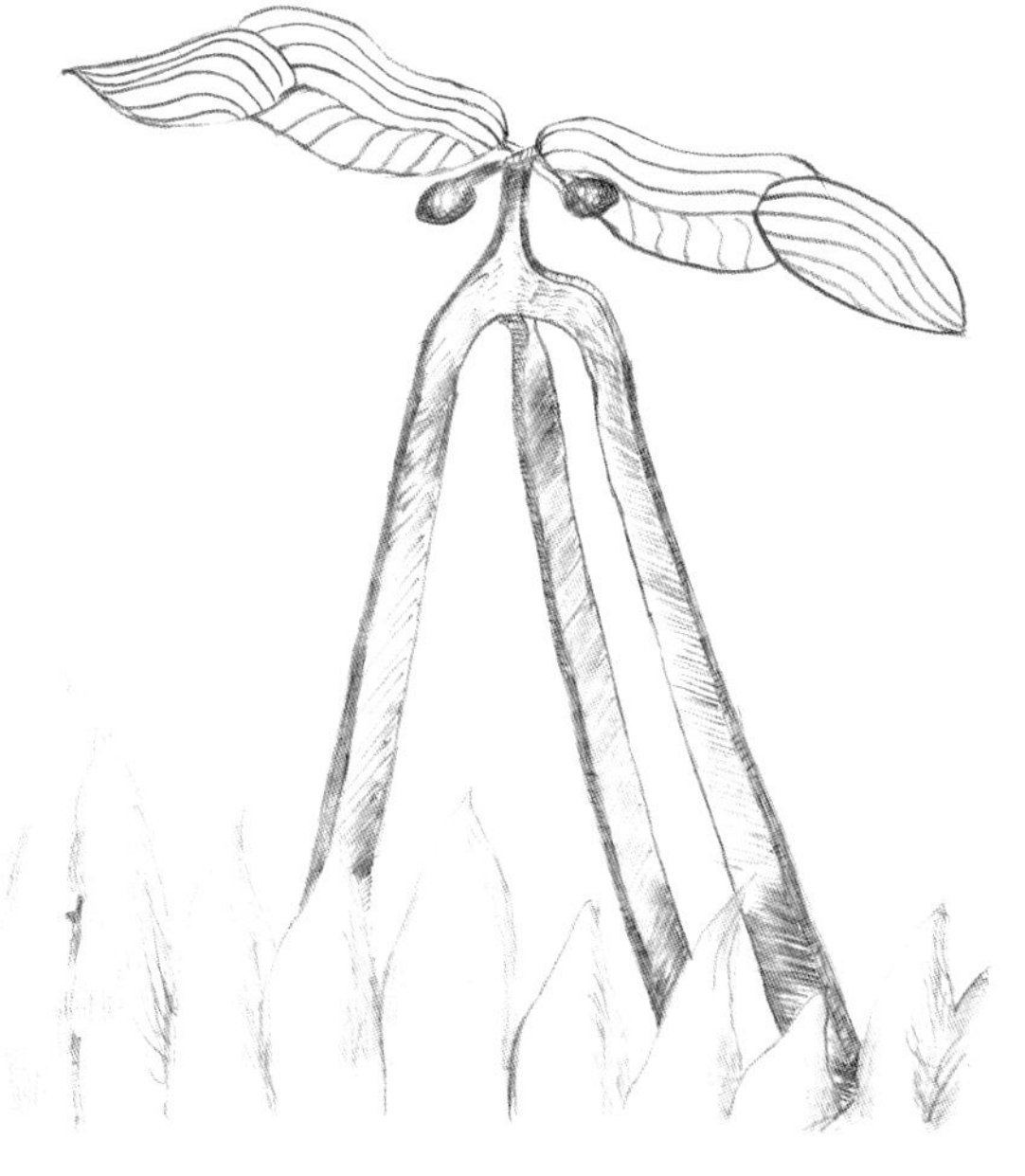

よ」

と、お父さんは言った。

「空のトンビは、下の田んぼの方から吹き上がってくる風に乗って、羽を広げたままで浮かんでいるとき、とても愉快な気持ちなんだ。ゆっくりとしているので、愉快なんだね。こんなすばらしい喜びを忘れている人がとても多い時代だからこそ、この作品はとても大切なものだと思うよ。栗野の山々のトンビたちもみんなこれと同じように愉快に遊んで暮らしている。トンビはどこにでもいる。というよりも、人間以外はこんなふうに楽しくゆうゆうと生きているってことだろうね。光と風に乗って、遊びながら、太古のゆったりとしたリズムの喜びを皆に伝え続けてくれているこの作品こそ、野外美術館の王様の一つだろうね」

急に、針金製の鳥が生々しく生き返ってくるのには驚いた。

アイスクリームが、特別おいしかったこともあって、僕らはすがすがしい気分で、美術館を出た。農場に帰ると、お母さんの弁当が待っているはずだった。

杉の林のへアピンカーブをいくつもぬって、もう少しで農場への小道に折れるとこ

ろまで来たとき、お父さんはふと車を停めて外に出た。驚いたように上を見ている。僕らも降りて、上を見た。お父さんは、

「これは誰の作品だろう」

と言った。淡い紫色の花がすみでおおわれたセンダンの大木が、道の上空をおおっている。下を見ると、その花々が降り注いでいて、アスファルトを明るい青に光らせている。

「この大木が誰かの作品なら、よくも見事に花々をあふれさせたものだ。そのうえ、この香りだって、ほのかで甘く、まるで本物みたいじゃないか。花房には、たくさんのハナアブやミツバチなどを群れさせ、頂の方には、いくつもの種類のアゲハチョウを忙しく遊ばせて。そして、その奥に張られている青いキャンバスはどうだろうか」

とお父さんは語った。

僕も、六月の大空をいろどるこの途方もない作品に気がついて、とても驚いた。

風がやわらかくそよぎ、六月の光にかもし出される甘い蜜の香り、ハナアブたちの羽音が盛り上がってくるこの真昼。朝日には、きっと青いもやのようになって、夕日

には、虹の色に染まってしまうのだろう。秋には落葉もして、冬の裸の枝々のこまやかさ。そしてその実に集まり騒ぐヒヨドリたち。それさえも、この作品に含まれていると思うと、これこそ、グランプリ。

けっきょく、トンビのことやらを思うと、お父さんの言うように、美術館の外にこそ、作品があふれていたのだった。

おそらく、きっと、お父さんの農場暮らしは、この世とあの世の中間みたいなこんなふうなのだと思う。

お父さんの心の話は、本当はここから先に広がっているに違いない。また、お父さんと美術館に上って、別世界探検をやりたいなあ。あそこには、まだまだ訳のわからない作品がいっぱい残っているんだもの。

V　かわいい曲

農場の暮らしからは、いろんな音楽も生まれてくるよ。

僕たちが、有機農場で成長して、目を開いてゆくとき、いつの間にか、こんなかわいらしい曲ができました。文章や絵よりも音楽が好き、という友だちもたくさんいると思います。小さな小さな、お父さんからのプレゼント。コーネエとリラも、音楽が好きだよ。

びわの木

一、びわの木が三本うら山にある
杉の木の下で実のなるびわの木
切っても芽が出て
実のなるびわの木

二、びわの木の下でいちごがうれたよ
妹とつんで二人でたべたよ
お兄さんとつんで
お兄さんとたべたよ

三、びわの木はいまもうら山にある
杉の木の下で実のなるびわの木
切っても芽が出て
実のうれるびわの木
切っても芽が出て
実のうれるびわの木

かみかざり

一、ちいさな花のかみかざり
それがとってもよくにあう
まいにちかみがたかわるのに
まいにちおなじかみかざり
それがとってもよくにあう

二、まっかな花のかみかざり
それがとってもよくにあう
まいにちエプロンかわるのに
まいにちおなじかみかざり
それがとってもよくにあう

あとがき

この小さな本がスムーズに書けてしまったのは、六人の子供たちが仲良く元気に育ってくれたおかげです。さらに、その舞台裏には、休みなく支え続けてくれている無欲の献身の妻の力があります。

昨今、立派な絵本が溢れています。私の好きな本もいくつもあります。私のこの小さな絵本は絵本と言うよりも、子供たちといっしょに書いた絵日記のようなもので、ほぼ百パーセント、本当にあったお話です。絵もありのままのスケッチで、今でも現場に行けばそのままです。

絵本といえども、現実というデッサンの上に書かれたものであってほしいという強い願いを私は持っています。その方が子供たちや読者の方へ本当の力となって伝わってゆくと思うからです。

土づくりという不思議なテーマにかかって四十年、この学びが土に根ざして考え、生きるという私の人生を作ってくれたものでしょう。幸運なテーマを頂いたものです。さて、野原の花々に囲まれたようなこの小さな本が、遠くの夢物語のように聞こえる人もおられることでしょう。

稲刈りの日の昼食後に、アスファルトの道へ散歩に出ました。快い風が顔をなでてゆきます。道ばたに、町長さんの奥さんが育てているコスモスが続いているところに来ました。黄金の穂波を渡ってきた風が、コスモスをゆらしてゆきます。そのとき、コスモスの後ろ姿が銀河のゆらぎであることがわかりました。不思議な光景です。この愛らしい花々が、コスモス（宇宙）という名前を持っている理由がこのときわかりました。この名をつけた人が誰かは知りませんが、このことを知っていたのです。ふとした草むらなどに咲いているこの花は、見るほどに深い神秘さを見せてくれます。風にゆらぐその後ろ姿はすごいです。思わず拍手をしてしまいます。特に朝の光の中で露をあびている時は息を飲むほどです。

風が来てコスモスの背は銀河色

これはそのとき作ったものです。

私たちはよく石垣やアスファルトの片すみに、すみれが咲いているのを見かけます。これを見つけて「すみれの花の咲く頃」というシャンソンを作った人がいます。単純で質素なこの詩や曲が、いつまでも全世界を駆け廻っています。

田んぼの畦道にはアレチノギクという名の白い小さな花々が咲き乱れていますが、この白色の輝きを見つけて、拍手を送ってくれている人をまだ見たことはありません。よくよく見るとそれは目に痛いほどの純白で、金色の稲田を、いわば額縁のように美しく囲んでくれています。

花々はこの青い星を優美に彩ろうと一生懸命です。拍手を送ってあげる必要があります。

このように話してきますと、この小さな本『森の家族』は皆さんの足もとに火をつけてしまうかもしれません。通学路や通勤路、学校の花だんやオフィスの入口、どこでも花々は美しく着かざって待っています。世界中のどこででも、花は使命を果たそうと一生懸命です。

どうか、そこで足を止めて、拍手してあげて下さい。花はフルフルッとして笑顔を見せてくれるでしょう。

新春には、オランダからアマリリスの大きな球根が届きます。花屋さんに行ってみて下さい。この球根を中型の鉢に埋め込んで食卓に置いて下さい（鉢は八百円～千円くらいです）。究極の進化をとげたアマリリスの開花を間近に見ることができます。その輝きに息を飲まれることでしょう。オードリー・ヘプバーンを思わせる品種やエリザベス・テイラー風のものもあります。花々が持つ使命感の輝きに驚かれると思います。

さて、ささやかなこの小著、大勢の方が愛して下さるなら、この筋道を生かした形で、大和人の心の奥底にあるなつかしい音楽の流れるミュージカル映画にしてみようと考えています。

最後にとても不思議な形で御縁を頂きました文芸社の皆様方に心からの御礼を申し上げます。

著者プロフィール

園山 国光（そのやま くにみつ）

1944年、中国東北地方(満州)生まれ。鹿児島大学農学部卒業後、全国を放浪。東京で美術を学び、1972年、帰鹿。1978年より現在に至るまで有機農業を営む。

著書：『森の家族　栗野岳物語』（南方新社　2001年）

森の家族Ⅱ　栗野高原物語

2021年3月15日　初版第1刷発行

著　者　園山 国光

発行者　瓜谷 綱延

発行所　株式会社文芸社

〒160-0022　東京都新宿区新宿1－10－1

電話　03-5369-3060（代表）

03-5369-2299（販売）

印刷所　図書印刷株式会社

ISBN978-4-286-22340-7